청어詩人選 201

오른쪽이 무너졌어

정인선 시집

오른쪽이
무너졌어

정인선 시집

시인의 말

길은 다르지만
언젠가는
만나게 될 것이라는 말을 해주고 싶었습니다.

2019년 9월
용인 예진말에서 정인선

차례

2부 바람이 물어도 대답하지 않는 뚝심

3부 어디서 봤더라

4부 그리움 하나쯤 감추고 사는 건데

1부

나는 너를 영원이라고 읽고 있어

누구나 해변은 거닐고 싶어 한다

가랑비도
커피 향을 맡아가며 젖어들고 있나봐
멧새가 흘리고 간 깃털에 남은
초침의 울림이 뭉그러질 때까지
비는 내리겠지
청춘열차의 기적쯤은 남겨둬야 할 텐데
과거라는 이력서에 파도가 있어
물보라까지 지우고 다닌 해안선을 따라
갈매기의 발자국이 낙관처럼 찍혀있는
그곳에
수많은 이야기들이 잠들어 있는 거야
연서도 있을 게고 떠들썩한 소음도 있겠지
해변은
바다가 삭제할 수 없는 언어들을 알고 있는 거야
밟을 때마다 각도를 따라
들리는 소리가 다르거든
모두가 다른 이야기들이니까
거기에 가면
지나온 우리가 있는 거지
만나게 되는 거야

오선지

술에 취한 음성이 저벅저벅 걸어나왔다

바닷가에서 보름달을 보다가 호른을 불고 있었다
바리톤의 굵은 음률이 해안선을 따라
조용한 깃발로 나부끼고 있었다
돌아가 보기로 한다
등잔 심지에 불을 붙인 프로메테우스 옆에서
낡은 참고서에 주~욱 쭉~ 연필을 그어가며
어떻게에 대하여 절박한 때가 있었다
책가방이 무거웠던 나는
바다에 책을 쏟아 부었고
젖은 책을 주워온 너는
오늘처럼 음표를 그려주던 사람
노래를 불러야하는 바다를 위해
언제나 너의 손엔 악보가 들려 있었고
술을 마시지 못하는 나는
망상의 꼬리에 성냥불만 붙이던 사람
호른은 바다가 앞뜰인 솔숲 벤치에 앉아
소주잔을 기울이다, 쉼표가

많은 악보를 보고 있고
도시의 골방에서 시를 읽고 있던 나는
밤바다로 가는 차표를 사기 위해 시집을 덮었다

비어있는 자리

네가 건너가고 나면
빈 자리가 생겨나지

그곳에
원망이 들어서지 못하게
닫아 두는 거야

혹
너의 영혼이 지나는 길에
잠시 머물 수 있게

서늘한 바람 한 점 들를 수도 있겠지만
그냥
남겨놓는 거야

너는 기다림이었으니
비어있는 자리로 놓아두는 거지

바람이 물어봐도
못들은 척
그렇게 비워두는 거야

아무 일도 없다는 듯

서서히 푸르고 있었다
심상찮은 징조의 낌새를 알 수 없게
내밀한 음모가 끊이지 않는
전선에서 보내 온
급보의 특종기사 수신인은

오존층

사라진 도피의 길
총소리는 총소리에게 묻히고
브이엑스로 시작된 화학전
헬리코박터 파이로리 증식을 위해
유산균 배양기 도입
생물학전 시작, 그리고
교살까지 은밀하고 조용히 진행되고 있었다

지상만 모르는

목마를 타고 오르다가
감아 내리고 조이는
숨이 끊어져도 놓지를 못하는 헤드트릭
더 잔인한 수포가스 살포
그칠 수 없는 생화학전

지하만 모르는

존재는
전선에서 살아남은 고뇌들
잠깐의 휴식도 용납할 수 없는
저 푸른 오월
그 짙푸름 뒤에는

나만 모르는

플라스마

오늘
우리는 아타카마*로 간다

붉은 새 떼를 방출한 아타카마에서
고요가
깊은 우물 같은 하늘을 보려고

창조 때부터 있었다는
바람이 살아가는 거기

바다가 남겼다는 순백의
눈물들을 보려고

그리움이
가장 아플 때 떠난 그림자 위로
붉은 새 떼처럼 날아오를 때

* 아타카마 : 칠레 서북부에 있는 세계에서 가장 건조한 사막지대(소금사막)

우리라는 단어쯤은
분자까지 증발되는 붉은 사막으로

사막이 사막을 낳은 아타카마에 산다는
붉은 새 떼를 보려고

틈새가 필요해

전동드릴로 꽉 조여 볼까

폐업정리 점포 좌판에서 사온
바지의 바코드를 핸드폰으로 읽고 있는 시간
유빙은 남극을 바라볼 거고
난파선은 폭풍우를 생각하겠지
나는 너와 꼭 맞을 것 같은데
아닌 척할까
너와 나의 맞춤 코드
해독되지 않는 곳이 너무 많지
매일 분해를 하고
조립하고
그때마다
나사못은 몇 개씩 없어지잖아
우리는 틈이 너무 없어서 그럴까
딱 맞아야 하는 건데, 왜
어긋나는 게 많지
좀 느슨해져볼까
필요한 낱말 몇 조각쯤 지나다니게
전동드릴로 꽉 조일 시간만큼

그렇게 살아가는 거야

아무르호랑이는
눈 덮인 산속을 휘감고 사는 게
제 일생이지

돌고래도
바다를 쪼개가며
하늘에서 떨어지는 햇살의 부스러기로
몸을 녹이며 살아가는 거고

어둠에 감긴
갈참나무 우듬지를 깔고 앉은
수리부엉이도
밤을 썰어내며 살아

발소리를 들어가며 숙성중인
초승달이
탄천을 가로지를 시간이면
잠든 너의 모습이 보여

숱한 소음들 틈새에서
발소리의 못 갖춘 마디까지
핀셋으로 찾아낼 수 있지

목소리는 칸타빌레로

바람은 뭐라 할까

여기 발자국은 뭐지
생각한다
갈래 길 벤치에 앉아
서로를 해부하느라
먹지 못한
두 줄의 김밥은 잘 있을까
밤마다
초롱초롱 별들이 내려온다는
귀룽나무 둥치는
내면에 깊숙이 각인된 자리로
돌아갔겠지
구름을 들어 올린 햇살이
창문을 보듬을 때마다
너의 모습이 아른거려
순탄하지 않은 길을 걸은 거야
으스스한 바람이 둥지를 풀기 시작할 때
걸음이 빠르다는 걸 알았지
늘어뜨린 시간을
끊을 수 없었던 이유를

순록의 고삐를 푼 가을안개에게 보여 볼까
때 묻지 않은 내면은
바람에게 물어볼까
너의 언어들이 계단을 지나
나직이 뜰을 거닐 때
바람이 불고 있었지
서늘한 안개비까지

떠났냐고 묻지 않기다

그늘로 들어선 햇살이
멈칫멈칫 더듬듯 지나가는 것은
출구를 찾았기 때문일 거다
어제가 준비한 목록을 찾아봤는데
이 길이 맞느냐고 묻는 사람에게
눈이 시리도록 아픈 이별도 있었다고
말을 해야겠다
운명이라는 길은 따라가도 될까
사랑은 쥐어주는 것도
그저 얻어지는 것도 아니라잖아
서로 다가서는 거라는데
내면의 고동을 듣는다는 건
한 생명이 오는 거고
울림이 엷어진다는 건
어딘가로 옮겨가는 거랬지
떠났냐고 묻지 않기다
그리움도 돌아갈 길을 찾고 있을 테니까
사랑은 무게로 견디는 게 아니지
한 영혼이

떠나려던 영혼을 데리고
길을 다듬어가며
다시 돌아오는 거야
그게 사랑이거든

심장 쪽이야

가슴까지는 아파봤는데
심장이 아프면 어떻게 될까

청둥오리는 물 냄새를 안고 날아가고
코끼리는 물을 찾아
사막을 건너간다는데

앞만 보고 걸어간
너의 뒤에는
남겨진 사람만 있었던 게 아니지

혹시, 라는 부사가 있잖아
그 마법에 끌려
망부석이 된 날도 있었던 거다

바람이 문을 열고 들어설 때
번개가 하늘을 베어낼 때도
우체국 로고는 보였거든

E메일을 열어보려는데
천둥소리가 들려

아이스메이커

아빠는 산소도 자연산이 좋다고
새벽이면 뒷산 봉우리에서
산 공기를 대형 비닐봉지에 담아오죠
나의 저녁은
엄마의 닦달을 아이스메이커에 모아들여
냉동실에 차곡차곡 쌓고 있어요
아침과 저녁의 간극을 흐르는
전류의 잔량이 충돌을 피하도록
가끔은 이방인으로 떠돌기도 하지만
어쩔 수 없는 도돌이표죠
냉동실 얼음통은 무채색인 엄마의 것이지만
할머니의 훈수 쌤통인 동생도 유채색으로
드문드문 끼어있어요
냉장고 문만 열어도 뛰쳐나올 것 같은 각진 방언들
명절만 오면 융단폭격의 전선으로 바뀌어요
–남자도 없냐, 가끔은
삼촌 고모 이모까지 연합전선이 형성되어
–남자는 있냐
무채색의 얼음을 넣은 커피를 마시던 아빠

–어 시원하다
잔소리를 마시면서 시원하다는 아빠
들으면 짜증인데 마시면 시원한가
그럼 마실까
아빠의 모닝커피를 위해 열어야하는 냉동실
문만 열면 쏟아져 나올
거기에 있을 파편들
아이스커피만 바라봐도
왕 짜증
모두가 내 편이 아닌 것 같은
쉴 틈 없이 몰아치는
무채색과 유채색의 조합, 그리고
고된 노동에 시달리는
우리 집 아이스메이커

이쯤이 좋겠다

고라니는 어디 갔지
호주머니가 찢어졌잖아
나의 영역이 없어졌네

겨울비가 청승맞게
거리를 돌아다니던 날
늘 그렇듯
새로 이사 온 날 같은
눈 내린 아침을 생각해 봤는데

번개가 하루를 찢어놓을 때
갈 곳은
아무래도 비어있는 창가
푸른 창날을 쥐어보는 거야

존재의 확인을 위해
덤불머리를 헤집다가
난간에 등을 붙인 섬이 되는 거지

그대로의 섬
너무 멀리 떨어져 나온
섬
침묵하는 섬이 되는 거야

탁본을 뜨다

겨울 철새들이 철원평야에서 서사시를 쓰다가
떠났다
문장으로 남아있는 논틀과 바닥에
먹이로 던져준 낟 알갱이들을
쉼표와 느낌표로 남겨놓고
그들은 떠나가면서 하늘에는
무엇을 남겼을까
제 발자국쯤은 문진으로 새겨뒀겠다
강이나 바다에도
탁본을 해둔 발자국들은 있겠지만
이제는 출렁이면서 자음과 모음으로 흩어졌겠다
가슴이 아프다는 소식과
보고 싶다는 이야기는 밀봉이 되어있을 거다
먹을 물조차 귀해진 가뭄으로
아랫배를 들어낸 외진 골짝의 개울바닥에
아픔이라고 썼는데
혼자 두면 외로울 것 같아
고독도 곁에 두었다
마른 바닥에 깊게 써놓았으니

다시 개울물이 찾아와도 지켜내겠지
먼 훗날
오늘을 찾기가 쉽지는 않겠지만
어둠이 쌓여들어 화석이 되는 날이 오면
상형문자 발견이라고 떠들썩하려나
모두들 다녀가며
개울도 아팠다고 고독했다고 읽어낼까
공룡의 발자국
새들의 족적도 유적지로 남겨져있으니
어쩌다가
그렇게 읽혀지기는 하겠다

오늘

겹쳐놓은 고난을 무어라 할까

나도바람꽃 피어오던 날
한 발을 살짝 들고 떠난 너를 무어라 하지
–건강하기야
단어선택이 잘못된 건 아닐까
우리 언젠가는 다시 만날 거야
이것 같은데
영원하자든 말
지금 보니 잘못 태어난 거야
신이 실수를 한 거지
사랑한다던
그 말도 그래
오늘은
비에 젖는 저녁에게 마중이라도 가야하겠다
너는
젖으면 안 되는 가슴이잖아
나는 너를
영원이라 읽고 있거든

반 스텝쯤 느리게

출렁다리를 건널 때
직선이 아닌 곡선의 리듬으로 걸어봐
윙크의 선도 곡선이거든
시간을 세워두기 좋은 난간에서 들었던
E플랫 장조의 느린 왈츠도
곡선을 따라가는 선율이었잖아
빠른 길은 거의가 직선이야
빠르게 왔다가 빠르게 가는 거지
불안은 곡선을 버리고 직선을 따라 흘러
이별도 그래
가파르지 않은
돌아 누운 듯 굽이진 길 있지
슬로우 시티의 골목길
곡선이잖아
우리는
걸음이 너무 빠른 게 아닐까
영혼이 따라올 수 있게
반 스텝 쯤 느리게
곡선의 리듬으로 걷는 거야

2부

바람이 물어도
대답하지 않는 뚝심

내가 자주 휘청거리는 건

빠른 스텝의 태풍도
더듬어가며 길을 찾아오는 거다
자신을 아는데 걸리는 시간만큼
멈추기도 하고 경사가 급한 계곡을 따라
오고 있는 거다
느린 폴카로 찾아들었던
우리밖에 없다던 너는
이별에게 미래를 내어주고
점멸하는 과거로 갔잖아
골이 깊으면
정적이 쌓이다가 정전이 되겠지
시간에 시달리는 운명에게
갈망이 이슬비라도 데려온다면
잠깐 멈춰주기는 할까
내가 자주 휘청거리는 건
가슴골이 조금씩 더
깊어지고 있기 때문이야
흔적을 지워가는 태풍처럼
아무 일도 없었던 것처럼

자잘한 비밀 하나까지
지워질 것 같아서

너는 늘 그랬지

풀잎에 맺힌 이슬처럼
저녁이 나뭇가지에 달랑 걸렸는데

한 성깔 한다는 바람이 찾아온
진눈개비 덮고 누운 비탈길에
자동차의 바퀴가 헛돈다

굉음을 아무리 쏟아놓아도
타이어 타는 냄새 한 줌 감쌀 수 없는 여기
용을 쓰는 만큼 침몰하는 세계
함께 하겠다는 저 사람은 어쩌지

베수비오 화산이
최후의 심판을 내리던 날
유령이 어슬렁거렸다던 거리에
함박눈 같은 화산재 쏟아져 내렸겠다

돌아갈 수 있을까

음부에 둘러싸인
오한이 무럭무럭 자라는 구렁에서
견인줄에 달려 나오는 절박한 어둠에 앉아
로마는 그렇게 끝나지 않는다는 독백

지금껏 지나온 너설의 길은
바들바들 떨고 섰던 칠흑의 난간
고비마다 견인줄로 끌어내는
너는 깊음 빈칸에 가득 채워짐

폼페이에서 돌아온 허기 위에
익숙한 심장이
출렁이는 파도가 왔다

어떻게 하지

석양이 어슬렁거릴 때
변두리 카페테라스에서 만났던
모락모락 입김을 풀어놓던
디 카페인커피가
모락모락을 잊었나봐

틴토*는 어디 뒀지
광궤의 열차는 떠나갔잖아
협궤선로에서 기다리는
현 시각 운전열차는 침묵이야

만날 수 없는 궤도의 차이
여름과 겨울만큼의
너와 나는 아니었는데

네가 웃기 때문에
웃는다면
나는 어떻게 되는 걸까

비밀 하나는 감추고 있어라 하더니
끌러놓고 떠난 건 뭐야

가끔은 내가 아닌
너로 살았으면 했는데

* 틴토 : 스페인/포르투갈 산 레드와인

전설에 기대볼까

빗발을 산소절단기로 잘라내면
시간도 부서져 내릴까
잊는 게 두려워
잿빛의 하늘을 그리는 거다
지워가다 보면 토파즈의 하늘이 되거든
미련이 늘어나고 있어
자라고 있지
틈새를 파고든 망설임까지
비굴이 잡고 늘어질까 봐
비가 오는 거고
서슬이 시퍼런 칼날에 싹둑 잘리면
파란 피가 솟겠지
소금기둥이 되었다는 전설에 기대면
바위가 될까
밤엔 늘 서리가 내려
무더운 여름인데

왜 답이 없어

신경시스템이 흔들려

서두르지 않고 묻고, 또
물어봤는데
팔월의 땡볕보다 더 강렬한 파장이야
너는 모른 척하네
기억에서 꺼낸 뉴스가
느릿느릿 혈관을 타고 돌아가고 있어
너는 땅을 밟지 않고 걷는 듯한데
사막도 아닌 곳에서 길을 잃다니
끌어낸 영상이 끊어졌나봐
모순은 손에 잘 잡혀
지척에 있잖아
간격이 너무 크다고 했지
그럼
아포카토는 어때
너에게 묻는 거야
누구나
아픈 비밀 하나쯤은 안고 가잖아

뭐라 했지

봄이 서풍을 데리고 왔대
–아프지 마세요
한 걸음 비켜나서 생각하면
안녕이라는 말
가시를 다듬은 매끈한 말
포장이 깔끔하고 달콤한 문장
–잊지 못할 거예요
–기억할 거예요
무대에 자주 오르는
낯 익은 조연급 배우의 독백 같은
참, 아프게 하는 연출
우리라고 할 때마다
너의 입술에선 남풍이
가슴은 서풍이었겠다
늘 서늘한 기운을 데리고 다녔거든
우리는
기존과의 충돌을 피할 수 있게
한 걸음쯤 떨어져 있었나봐
살아있는 말 중에

새겨들어야 하는 말들이 많지
심도가 얕으면 배경이 흐려져서
알아보기 어려워

반짝하는 신호가 왔다

젖은 날개를 한껏 펴서
볕에 말리는
가마우지에게 물어볼까

어떻게 그런 생각을 했지

벼랑 끝에서 균형을 잃으면
반짝하는 신호가 오겠지
뭐든 잡아야 한다는

반대 방향으로 돌아갈 때
고요가 두려울 때도 있어
직진에 익숙해 있으니까

소용돌이는
어두운 구석을 찾아
물고 늘어지기를 좋아하잖아

마침표는 잘 찍어야 하는 거야
쉼표 하나가
천둥이 된 날도 있었으니까

혼잣말

우리의 하루는
문자를 주고받는 일이었잖아
산에서 강으로 머물다가
돌아오는

네가 가고나면
보낸 사람은 어떻게 되는 거야
제집처럼 회오리가 들어오겠지
비켜날 수 없는 먹구름도 덮쳐올 테고

무엇이든
용서가 되지 않을 만큼, 지상의
모두를 쓸고 갈 태풍도 오고
비켜서면 허리케인
끝났나싶으면 사이클론에 윌리윌리까지
폐허가 되는 거지

어떻게든
잊으려고 억지를 쓰다가
오늘은
모습까지 차단으로 옮겼는데
돌아서지 않네

그래
바다로 가는 거다
만날 볼 수 있을 테니까
좀
멀리 있어도 파도소리 들리잖아

보트피플

퇴근시간에 맞춰
삼거리에 포탄이 떨어져요
점멸하는 신호등에
바빠진 엄마의 뒤꿈치를 따라 폭발하는
직사포 십 여발
월남전에서 박격포 사수였다는
아빠의 탄착점은 늘
엄마의 뒤를 쫓아다니죠
유탄을 피하려는
오빠의 걸음이 빠르게 지나갔어요
언제부터인가
무게의 중심은 균형을 맞추는 듯싶었지만
아직은 기울기가 있는 전선
첨단 무기 체계로 바꿔가는 엄마
지난 저녁
아메리카노와 로즈마리의 평원에도
쨍그랑 소리가 났어요
첨단 레이더망에
확전을 감지한 오빠가 살짝 보여주던

입영통지서
어쩌지요
모든 문은 닫혀가고 있는데
종전의 기미는 없고
걸핏하면 밑반찬이 되는
청미니스커트에 떨어지는 십자포화
거실과 방 사이에 생긴 해협이
점점 깊어지고 있네요
상승기류를 탄
B2-스피릿의 공습 징후는 노랑에서
빨강
띠 리 릿
아름이 보내온 문자
이번 주말 바다 아니면 산
빨리 찍어

침묵이 침목에게

영혼의 값은 얼마나 될까
바람의 무게는 어떻게 되지

예보의 오보는 밝혀져야 한다
낙엽도 계단에 널려있는 도형의 모서리에 서성이는
바람의 징조를 읽으므로 할 말이 있을 테니까
등산길의 비탈에 누워있는
침목에게도
오르는 걸음과 내려오는 걸음의 각도에 대하여
기압에 따라 음도의 진폭이 달라야 하므로
낙엽의 떨림을 맴도는 상형문자의 조합이 심상치 않다
숱한 발자국의 기억을 거부하는
침묵하는 침목
직립이기를 포기할 때 밑동치에서 느낀 서늘함의 의미를
알고 있기 때문일 것이다
그루터기와 거리를
저림의 속셈으로 어림짐작은 하고 있을 것이다
수직에서 맞이했던 바람과 수평에서 보는 생명의 고뇌가
어둠에서도 각인되고 있기에

태양마저 태워버리려던 홍염의 생각
폭설에 부러진 큰 가지의 신음
지문으로 남은 나이테까지 숨기고 있는 고독에게
아버지의 걸음을 묻는다
나무는 죽어서 우주의 관문을 열어 놓고
나무는 죽어서 낳고 또 낳는 창세를 열어두고
나무는 죽어서 살고 살았던 종족의 파보를 서고에 끼워놓고
나무는 죽어서 지상의 세미한 음성에
산자와 죽은 자의 신호체계의 분류까지 끝내고
바람이 물어도 답하지 않는 뚝심이다
침묵은 물음표가 되어
절제된 어둠의 밤으로 내린다
침목에게로 좀 더 가까이 다가서는 것이다

쉼표를 찍을까

망설임 없이
고양이에게 길을 물어봐
갈색의 눈망울이 젖어있을 때
낯선 거리의 사람들은
오늘을 간직할 방법을 모를 수도 있지
내일로 가고 싶지 않은 사람도 있을 테니까
우리가
받아들여야 하는 만남들도
얼마나 많이 기다리고 있을까
쉼표를 찍어놓을까
사랑이 종말을 데려갈 때
비슷한 방식이 아닌
우리만의 방법은 어때
심호흡을 해봐
X값을 찾는 방정식도
끌러봐야 하잖아
갇히면 안 되지
세상은 흔들리고 있는 거야
멈추는 게 아니지
쉼표를 찍을 만큼의 틈은 주겠지만

밀롱가의 밤

건강에 춤만큼 좋은 게 없다며
어렵게 구했다는 초대장을 받아들고
도심의 호텔 그랜드볼룸에 갔었지
굳게 닫힌 성역의 문
그 문은 블랙홀의 입술 빅뱅의 서막
제 이름을 벗어던진 인연들이
중력을 깨쳐버린 세상에서 날아오르고 있었지
반도네온은 탱고를 위해 하바네라와 밀롱가[1]를
일상은 망각을 위해 춤을
가끔은 역풍에 휩쓸려간 꽃숭어리도 있었겠다
감당하기 두려운 어둠까지도 털어내고
스치는 몸결에서 숨결까지
쏟아지는 땀방울도 하나가 된 밀착의 열기
거침이 없는 땅게라와 땅게로[2]의 합금덩어리
저 눈빛의 조합까지
팍팍한 삶을 이렇게 털어내는 것도 있구나
지독히도 두렵다는 것은 간절히 갈망했다는 것일 수도 있지
라 쿰바르시타의 선율을 따라
가벼울대로 가벼워진 갈망하는 관능은, 더

1) 2/4박자의 탱고 음악/ 탱고 춤을 추는 공간
2) 땅게라(여자), 땅게로(남자)

높이 날아오르기 위해 발굽의 촉수는 저렇게 높아져야 했구나
일생이 무겁다던 그 소식 밀쳐놓고 아콩카과에서 안데스의 험지를
아슬아슬하게 돌아드는 콘도르
팜파스의 평원을 내달리는 땀에 젖은 가우쵸
살리나스 그란데스의 달빛에 젖은 소금밭에
영혼을 녹여 육체로 쓴 문장들이 꿈틀거린다
거센 회오리가 몰아친다
그칠 수 없는 질풍은
폭발하는 질주는
죽어서도 터질 듯 부풀어 올라야 하는
어둠을 태워버린 이 순간을 위해
거칠 것 없는 아브라쏘[3] 위해
탱고는 어둠을 먹어가며 통통하게 살이 오르고 있었다
놓아버릴 뻔 했던 영혼을 데리고 돌아오는 길
불야성이 기울고 있는 밤거리를 걸으며
밀롱가의 밤
보르헤스가 사랑한 부에노스아이레스의 골목길

3) 팔로 꼭 조임, 껴안음, 포옹

불 꺼진 도서관 창가를 생각하다가
알 수 없는 그리움이
모진 쓸쓸함이
자유롭지 못한 한 영혼의 어깨 위에
외로울대로 외로워하는 가로등 위에
추적추적 봄비로 내리고 있었다

조금만 비켜서봐

오선지는 횡의 선으로 그어졌다
하프의 현은 종으로 매어져 있다
지금 쓰고 있는 글자는 종과 횡선들의 모임이다
선이 만나면 각을 이루고 서로가 아프다
그렇지 않은 강과 바다는 선을 따라 흐르다가 철썩인다
모든 것은 선들의 모임이다
숲도
산도
마을도 그렇게 모여서 산다
삶과 죽음에도 분명 선이 있다
천국과 지옥을 가르는 것도 선일 것이다
한때는 너와 나의 다름도, 헤어짐도
선의 장난이라고 생각했다
사랑의 선이 끊어지면 미움으로 갔으니
미움의 모두는 어디에 있을까
눈빛이든 숨결이든 쌓으면 사랑이고
설핏설핏 일어나면 그리움이 될게다
인연을 따라가면 미움도 운명의 선에 남아있지 않을까
지하계단에 널려있는 거미줄을 보다가

떨어져 내린 한 가닥을 잡고 일어선다
너와 나를 가르던 선의 끝을 잡은 거다
바람의 틈새로 흩어진 시간들을 긁어모으자
골목길 찻집과
낮술에 젖은 음성도 있다
미움도 질긴 인연의 끈이다
양분하는 선의 가운데를 비켜
끝을 잡자 너에게로 가는 길이 열린 것이다
끊어진 가닥이라도 남았으니
미련이고 그리움이다
오늘부터
그리움 하나 또 자라나겠다

밤의 깊이

뒤척거리다가 일어나
밤의 귀퉁이에 걸터앉았다
베란다의 창을 열고 손을 펴자
달의 소식이 먼저 도착한다
찻물 빨아 말린 옥양목처럼
푸르스름한 음표들도 들어있다
하프의 현에서 흘러나오는 잔잔한 선율들이
혈관의 벽을 더듬어 들쯤
섬찍지근하기도 하고 으스스한 소름이 돋는
어둠의 늪에서 보내온 이야기도 왔다
밤의 외면이 어둠이라면
내면은 침묵일 것 같아
어둠의 한 컷을 살짝 들고 안을 들여다 본다
침묵에도 영혼이 있다면 만날 수 있겠다
어둠의 울타리에 조각된 음각의 벽화들
침묵에는 무엇이 있을까
적막寂寞일 것 같은데
텅 비어 쓸쓸하다는 말이 정겹게 들리던 때가 있었다
뭉쳐있는 시간들을 풀어놓기로 했다

태백산 오지의 돌아누운 듯 혼자 남은 오두막집
티베트 고산족의 좁은 들녘에 쏟아져 내리던
별들만 받아놓은 적요寂寥의 밤이 출력되어 나온다
밤의 깊이에 묻어두었던 사경寫經들을
다 볼 수 없는 밤이다
그러나 침묵만이 있어야 할 어둠의 내면에
거추장스러운 것
감추고 싶은 것
체면에 방해가 되는 것들이 쌓여있다
평안이요 휴식이라는 밤이 누명을 쓰고 있는 거다
뭐든 복사가 되고 해체되는 때가 오면
어둠도 침묵도 알려지게 될 것이다
밤의 깊이는 그때까지 고요할 것이다
비와 바람도 복사가 되고
나도 너도 복사가 되면 읽혀질 것이다

생각해봐

삶이 삐걱거릴 때
경계선 밖으로 나가봐

난간에서 맞는 바람은
소용돌이처럼 휘몰아 오거든
아픔을 찾아다니기 때문일 거야

직선만 고집하는
좋지 않은 생각들이
어쩌다 들렸다 가는 일이 있을 때
가야할 길을 생각하고 있을 때

나에 대하여
모르는 것에 대하여

나는
너를 꽃이라 부르거든

3부

어디서 봤더라

창문을 열어봐

밤을 깎다가
섬뜩
칼날을 물어버린 엄지손가락

잠깐의 시간은 아무렇지도 않다는 듯
갈라진 틈새의 뽀얀 내면
나에게도 이런 순결이 있었나 싶은

고통으로 가는 길은 멀지 않아
쓰림과 아픔
덮쳐온 붉은 피의 내습

삶도 이리 붉었어야 했는데
방황의 날도 있었지만
그런 날도 있었겠다

심장으로 돌아가지 않아도 되는
궤도를 벗어던진 너는 자유
우주의 창을 열고 뛰쳐나간 용맹

그래서
솟아올랐구나
아픔을 건너 자유가 되었구나

시그널

가야할 길이라면
영혼만은 서로 두고 가기로 하자

지금은
일어나야 할 시간

우리
서로의 영혼만은 남아있게 하자

영혼까지
아프면 안 되니까

오른쪽이 무너졌어

떨어지지 말고 꽉 잡아
더 가까이 붙어서는 거야
스쳐지나감도
한 일생과 만나는 거랬잖아

넓은 강폭을 띄엄띄엄 건너지른
돌다리를 반쯤 건너다, 돌에
붙어버린 여자

내가 너를 바라본다는 건
너의 영혼에게 노크를 하는 거고
네가 나를 바라보는 건
문을 열어놓았다는 거야

어둠에 말려든 그림자가
너의 오른쪽을 꽉 틀어잡고 있네
비켜설 수 없는 징검다리에서

푸석한 과거

밤의 길이를 잘라내다가
그냥 갈까
아침을 볼까
그리움을 감추려고 추억을 데려왔지만
그림자를 지우는데
이별만큼 좋은 게 있겠어
비밀은 덮으라고 바람이 왔을 거다
식어진 손을 심장에 꽂을 때
푸석한 과거가 만져진다 했지
묵직하게 내려앉은 도시에
뒤죽박죽의 소음이 들려오면
서쪽 하늘을 보는 거다
찢겨진 난간은 붉은색이었잖아
비극의 공백에 침묵이 있다면
얼크러진 간극에는 무엇이 있을까
전화번호가 생각 안나
네가 나 되었다던 말은 어디다 두었지
현재의 시간으로 재단하는 건
너무 야박할까

영원이란 말은 함부로 건네는 게 아니었는데
너의 뒤태를
신발장의 곰팡냄새는 해체해야겠지
장맛비를 닮은 게 많네
두고 가려면
패혈증으로 죽어간 여백의 보존은
급속냉동을 해야겠지

엄마의 기도

사월과 시월에는 꽃이 핀다
꽃은 선달에도 핀다고 쓰다가 지운다
늦은 겨울이 말을 걸어왔다
영하의 절간에서 나풀대는 꽃잎의 아이러니에 대하여
필연이라는 빨간 색인 들어간 행간에
꽃잎 한 장 날아올랐다 내려앉았다
열린 문으로 나갔다 들어왔다
가부좌를 틀고 앉은 비구니의 손등에서
책장을 넘기는 허방에도 나풀거린다
바램은 죽음을 넘어선다는 일설을 믿고 있는 꽃잎
채수분이 다 마르도록 나풀거리고 있는 것이다
고도를 낮춰가며 나풀거리다가
무량수전 마룻바닥에 내려앉아서도 나풀나풀
염원을 모두 고해바칠 때까지
수액을 다 긁어모아 보시로 바치고
곧 무너질 듯 부서진 몸이 되어
좀 휘청거리다가 몇 번이고 더 날아오른다
종내는 찢겨지고 뭉그러져
생의 입자가 되는 길을 가는 것이다

공덕은 쌓은 만큼 꽃을 피운다고
잘게 부서져 내릴 때까지 날아오르는 것이다
불전의 바닥에서 씨눈을 위해 부서지는 꽃잎
과거가 될 영혼이 다시 내일이 되려는 것이다
목어가
운판이
법고가 아침을 열어놓아도
부처의 입술이 열릴 때까지
불전을 떠나지 못하는 하얀 찔레꽃이다

유빙의 시대

여름장마가 슬쩍 들어오자
엄마의 침묵은 기도문으로 바뀌어 갔다

기세등등하던 태풍이
백록담에서 자살로 생을 마감하기 전
범고래의 죽음이 타살이었다는
소문이 돌기 시작했다
잿빛 노을에서 핏방울이 뚝뚝 떨어지던 날
해고 통보를 받은 오빠는
빛바랜 목발의 시간을 짚고 절뚝이며 돌아온 저녁
벽체를 뚫고 들어온 빗방울이
죽은 물고기 떼의 썩은 냄새를 밀어다 넣은
산 119번지
엄마의 기도는 어떻게 되지
고층빌딩에 널려있던
꾸덕꾸덕 말라가는 캥거루의 살점들을 위해
오늘 저녁 메뉴는 남아있는 북극을 삶는 일이다
체외산소 호흡기는 임대를 해야 하는데
6개월 사용에 30대 1

어떻게 하지
푸르게 착한 향유고래의 꿈
긴 침묵의 빙산까지, 남극에선
연둣빛 기도가 소음으로 들릴까

밤공기는 여전히 끈적끈적
유빙은 어떨까

지워도 흔적은 남는 거야

영혼에도 파장이 있겠지
길까
짧을까
오늘은
긴 파장의
맑은 눈망울이 보인다
영혼은 가벼울 테지만
마당바위만큼 묵직한 게 사랑이라 거랬잖아
꿰매어도 상처가 되는
너의 그림자가
자꾸만 늘어나고 있네
유목민으로 살자고 했지
어쩌지
파장이 짧다는 보랏빛 창가
거기에
네가 있을 것 같은데

포토 존

월요일 첫 시간은 출석 부르기

둘째 시간은 생각 세우기
셋째 시간 캔버스에 담쟁이 심기
넷째 시간 잠자기
다섯째 시간 일어나 앉기
여섯째 시간 생각 지우기
일곱째 시간 출석부 태우기
여덟째 시간 집에 가기

어두워질 때까지 놀기

방학 때까지

가끔씩 수직의 길을 본다
삐뚤삐뚤 보다
걸음은 느림이다
사이렌이 울리자
퇴근길의 선생님은 세발자전거를 타고가고

빵소니 택시는 자전거를 따라갔다
이층버스가 지나다닌 바퀴의 자국은 홀쭉하다
망원렌즈의 초점은
산후통에 시달리는 급행열차의 정지선에 맞춰있다
과속으로 달리던 화물트럭의 왼쪽 앞바퀴가 날아오르고
추락하는 여객기의 엔진에서 F장조의 음악이 흐른다
철학 강의 시간에 밑줄 그어놓은 행간에서
폭소가 터진다
위선은 과학이라고
아무도 듣지 않는 광장에는
없는 사람에게도 오염된 물병이 배달된다
물을 마시고
어깨근육을 세워보는 이유를 묻지 않았다
빗방울로 머리를 감고 발을 씻다가
씻은 물을 마셨다고 모두들 혁명을 외친다
반장아이가 뛰어다닌다
오를 수 없으면 넘어가라는
성명서가 붙기 시작한다

촘촘히 벽보를 바라보던 바람이
그늘을 세워두고 사라졌다
가출신고를 접수한 파출소에
담쟁이는 없다
아무도 없다
신고는 누가했지

거푸집

할머니의
굽은 등만큼 휘어진 골목길을 건너는
할아버지의 가쁜 숨소리가
무료급식소 식판 앞에서 잠깐 멈춰요
내려앉은 몸매를 추서려 보지만
성한 곳 하나 없는
모두가 자국투성이의 거푸집이네요
안개를 밀쳐두고
노루발로 혼을 불러내던
그 손이
목선처럼 허공에서 출렁이고 있어요
거푸집은
좌판에서
닭장의 문짝까지만 갔어야 했는데
뚫린 구멍이 너무 많아
아무짝에도 쓸모없는 널판자로 버려지네요
어디에 두어도
판자의 뚫린 구멍마다
곰삭은 멸치액젓 냄새가 나요

멸치도
고향은 잊지 않고 있겠죠
울돌목의 거친 물살
청상어의 이빨도 있었지만
쌍끌이저인망을 넘지 못 해
종내는 삭은 액젓으로 온 것을요
하루 한 끼를 위해
거푸집에 앉은
몽당 숟가락이 반짝! 하네요
급식소 휴일알림판 앞에서
못 하나 또 박혀요
숭숭 뚫린
늘어나는 못의 자국들
바람 새는 소리가 점점 크게 들리겠죠

저기, 걸음이 간다

어디서 봤더라
언제 만났더라

늙은 돌[1]에 앉아서
감마선[2]이 폭발하기 전날 밤이었나
실루리아기쯤 숲이 들어서던 날
거 숲속 어디였든가
낯설지 않은
좁고 긴 터널을 따라
휠체어를 잡고 가는 허름한 걸음이 간다
치매를 움켜쥔 난간에 기대여
뒤틀려 허물어진 바람벽이 뒤뚱뒤뚱 간다
삐뚤삐뚤 간다
곧 닫게 될
적막의 숲
거기로 가는 길이겠다

1) 늙은 돌 : 캐나다에서 발견 된 40억년 된 돌
2) 감마선 : 지구의 대 멸종을 가져온 4.5억 년 전의 대폭발

한 번만

여름이 무르익는 늦은 오후
가난했지만 꽃을 좋아하셔서
기일 때마다 분홍양난을 드리는데
꽃송이 하나 슬쩍 거실바닥으로 내려놓으신다
지천에 널려있는 들풀과 산꽃들까지
하나같이
좋아하시던 모습 생각나서
꽃송이 주워들고 돌아가 본다
–늙은이를 누가 좋아하겠냐
자식도 같이 사는 거 쉽지 않은 거다
모두들 식은 밥덩이 보듯 할 텐데
괜한 짐만 되는 거지
늘 하시던 말씀
남들이야 식은 죽 보듯 하더라도
더 늙으신 모습이겠지만
지나시는 걸음으로
한 번만
다시 볼 수 있었으면

막장

이게 끝이야
막장이거든

시골 5일 장날
줄지어 선 간이천막 골목의 끝
막창구이집
꼬부라진 막창을 썰고 있는
눈에 익숙한 손
칼날과 막창이 펼쳐놓은
도마의 화음
소주병이 비어나는 만큼
혀까지 막창처럼 꼬여가는
왁자지껄 정글
굴곡마다
외과수술 의사의 메스에
섬뜩한 기계소음을 내장한 막창
불의 심판을 기억하는 고뇌를 건너
순응할 수밖에 없는 막창
그리고 막장

곧은길이 아니라서
곧게 갈 수 없던 일생
어쩌면
너의 생애가
나의 일생이 아니었을까
산다는 게
말도 안되는 게 조금은 있지

그래
막창을 먹으며
막장을 생각한다

검은 찔레꽃

넙브러진 장마가 붙들고 있는
한낮의 순환 전철
회색 핸드캐리어에 남색 조끼를 올려놓고
푸른 수건으로 얼굴을 반쯤 가린 중년의 여자가
검정색 빵모자를 눌러쓰고 졸음에 감겨있다
하얀 찔레꽃이었을 꽃잎마다
오수가 지나다닌 줄기를 따라
원초의 짙은 향이
문이 열릴 때마다 짙푸르게 일렁거린다
텀벙 뛰어들 수 없는 비어있는 옆자리
수심이 깊다
성큼 들어서지 못하고 쭈뼛쭈뼛하다가 내려놓는다
겨울비 같은 눈망울들이 쏟아지는 여기
비에 젖은 이파리 틈새로 바람이 분다
받아들여야 하는 동행이다
원색을 놓친 원망들이 얼마나 많이 다녀갔을까
집필을 멈춘 파지가 된 원고지가 흘러넘쳤겠다
바래다 지워지긴 했어도
찰랑찰랑 흐르는 물소리

돌다리를 건너다닌 맨발의 자국들
질경이를 캐는 햇살에 익은 손
저녁연기 피어나는 돌담길에 굴뚝도 보인다
지나온 길이 너무 가팔라서
끌고 다닐 가방이 하도 무거워
돌아갈 수 없는 길이었겠다
종일토록 순환 전철을 타고 가야만 하는
눈총이 깔고 앉은 까만 찔레꽃이다

고요는 어디까지 갈까

숨길 것도
숨을 필요도 없는 검은 밤에
번쩍! 하고 푸른빛이 다녀갔는데
신호음은 밤을 타고 오는 게
편할 수도 있겠지

살얼음 위를 걸을 때
조마조마 하는 마음을 들춰봤지
심장이 멎는 소리가 들어있었거든

연어 살을 먹으면서
회귀에 대한 생각은 안 해봤지만
돌아올까
질문을 해보는 거야

잠긴 고요는 언제 끄르지
초침도 기억할 수 없을 틈새에
얼굴만 붉히더니
과거형이 되었잖아

너의 시간에 기대 볼까

틈을 잴 수 없으니
지금이란 단어는 지워야겠지
머물 수 있는 현재가 아니거든
그냥 돌아가 보는 거다

자국이 아픔이 될 때

쓰다가 멈춘 이야기에
오자가 있어서 지워보는 거다
왜 깨끗하지 않지
부풀어 오르다가
가끔은
타이타닉처럼 가라앉기도 하네
흑두루미에게 물어볼까
돌아갈 때
지우지 못한 게 있냐고
벌려놓은 봄의 틈새로, 왜
바람소리가 들려올까
햇살 한 뼘이년 시워시기는 하겠지만
한 마디쯤은
그림자로 남을 수도 있겠지
마침표까지 찍고 갔다던
그곳에
숲을 모르는 민둥산이 들어왔잖아
억새밭이야
세찬바람만 불고 있어

4부

그리움 하나쯤
감추고 사는 건데

누구나 한 번은

미련은 늘
앉은자리를 떠나려하지 않지

청둥오리가 이륙을 하고
동쪽으로 갔는데
나는 왜
서쪽을 보고 있을까

붉은 궤적의 난간에 노란깃발이 보여
다른 궤도를 돌고 있다는 소식일 거야

질문을 던져볼까
해부학 교실에는 가봤어

확장의 공간

태풍은 겨울에게 무어라 할까
남긴 흔적은 어떻게 하지

땅의 껍데기를 몽땅 벗겨내고
속살의 밀도쯤은 찢어발겨
새로운 이름으로 쓰는 거야
언제나 느린 걸음의 고요는
아낄 게 없다는 듯이 밤까지 쓸어가고 있잖아
상처위에 상처가 쌓여가는 것을
운명이라는 처방으로 메꿔가는
엄마의 등식을 따라 가야할까
운명도 길을 비켜서는 날이 있지
폐허가 된 직선의 끝에는 어떤 울림이 있을까
용암도 지워버리는 여기에선
부족한 시간까지 먹고 자랐어야 했던 건데
짧은 스텝을 따라
놓고 간 문장이 원망처럼 달라붙을 때
목마른 사막의 길을 갈 수도 있는 거지
네가 지나간 흔적 위에
시간을 심는 거야
반나절의 걸음쯤은 자랄 수 있게

고리

생의 처음에서 끝까지를 한눈에 볼 수 있다면
사람들은 무슨 생각을 할까

고리가 달린 문을 열고 들어간 식당에서
평생 잠을 자지 않는다는 황다랑어의
가마살코기 덮밥으로 저녁을 먹는다
오늘 밤은 불면일까
아니면 숙면이 될까
늘 잠이 모자라 늦잠에 낮잠까지 자야하는데
영양결핍이라는 의사의 진단이
비만증의 원인이라면
어떻게 되는 거지
참치는 잠을 못자서 비만일까
출근길 지하철 승객의 절반은 졸음에 매달려간다
버스도 비행기의 기내도 잠이 대세다
잠을 지워버린 황다랑어의 짙푸른 등짝을 보면서
마미길의 깊은 바다를 생각한다
어부의 하루는 블랙버드를 만나는 일이다
다랑어에 쫓기는 어린 물고기는

살겠다고 수면 위로 뛰어오르다가
블랙버드의 먹이가 되고
블랙버드를 찾던 어부는 참치를 낚아내고
나는 식탁에서 어부의 낚시 바늘이 끌고 온
다랑어의 살코기를 먹는
울퉁불퉁한 환태평양의 고리를 본다
블랙버드와 어린 물고기
황다랑어를 쫓는 어부, 그리고
내가 살아가는 방식이다
지구의 해체까지는 이어질 일이다

함광
– 조명제 시인

여명에서 들었던 소리는
어느 것 하나 알아들을 수 없는
불가청주파수

전원을 다시 넣자
천둥 없이 논리에 떨어지라는 날벼락이다
깊은 주제적 사유가 형상화에 닿으라고 번쩍한다
문명사를 통찰하는 역사의식에
실험적 문제의식도 깔고 있어야한다고

전리층에서 돌아오니
우주의 밀서가 해독되고 있는
흐드러진 메밀밭의 보름달이다

세필細筆의 기세는
함광含光[1]의 소리 없음이다
승영承影[2]의 저녁노을이다
해상박명종海上薄明終을 단칼에 베어버린 듀렌달[3]이다

적막 속에 고요로 앉아
젖지 않고 흐르는 강물이다

1) 함광含光 : 칼날을 보려고 해도 보이지 않는 검

2) 승영承影 : 황혼녘에 북쪽을 향해 겨누면 형태가 보이지 않는 검

3) 듀렌달 : 프랑스 서사시 '롤랑의 노래'에 나오는 검

반송된 편지

젖은 편지 받아보셨나요
흠뻑 비에 젖은 편지요

보낸 편지 있다고 했지요
태풍에 찢기지만 않았으면 하는데요

파도소리를 듣고
서릿발 돋은 언덕을 내려오면서
별들의 잠꼬대까지 그려넣은
그런 편지 보셨어요

가슴살 두어 점 뜯어내어
끼워 넣었거든요
소금에 절여 오그라든 살점이거든요

눈물을 빗물로 바꿔서 보낸 걸요
돌아오지 않겠다고 건너간
그 강 너머에서 보낸 편지요

부를수록 아픈 이름이 있다는 것
아시지요
갈기갈기 찢어놓는 이름도 있어요
칼날로 포를 뜨듯 찢어놓은 거요
그걸로 썼거든요

건너면 안 되는 강안에서
울어본 적 있으세요
눈물이 강물을 밀고 가는 걸 보셨어요

강물이
가끔씩 소용돌이치는 건
선지피를 펑펑 쏟아내는
몸부림이라는 것도 아세요

떠나보낸다는 건
밤을 하얗게 새워가며
맷돌로 육신을 갈아내는 거라는 것도요
그것이 빗물이 된다는 것 까지요

장마철을 끌어왔으니
밤낮없이 비는 오겠지요
주룩주룩

미완성 교향곡 7번 2악장

꿈은 꾸었지

자작나무 울창한 들녘이
너의 정원이 되기를
투쿨*
이글루까지
그곳에 너의 미소를
담장 밑 아지랑이처럼
남실남실 그려놓았거든
반증을 찾던
너의 물리학 교실복도 끝에서
자줏빛 저녁은
돌려주는 게 아니었는데
물 냄새는 두고 갔다는
청둥오리 있지
전부를 놓고 갔을까
그냥
그리움 하나쯤
감추고 사는 건데

잘 안되네

* 투쿨 : 풀잎으로 만든 아프리카 토착민의 집

숨을 곳이 없네

머그잔을 덮고 있는
어둠의 색깔이
빨강색이면 어떨까

내가 서있는
황사가 먹어버린 잿빛하늘은
비스더미 다리를 꼬고 앉은 전통이
울퉁불퉁한 자국을 새긴 서쪽 끝이야

긴장과 긴축이 붙들고 있는
도덕의 박음질로 만들어진
너의 다락방에선
돌아볼 수 없는 먼 곳이 되었지만

가장 어두운 그늘에 누가 있지
끝없는 악몽이 담을 넘어와 멀쩡한 침실을 부수고
철거공사에 들어갔거든

덧칠한 페인트까지 바스러져 내린
음산하던 그늘마저
썰물처럼 빠져나간다면
모두는 회색지대가 되겠지

북극해의 빙원까지 왔는데
더 갈 데가 없네
쓰고 신맛의
블랙커피나 마실까

빈 그릇

할매는
안반에 밀가루 반죽을 올려놓고
홍두깨로 밀어댄다

치마폭만큼 늘어난 반죽
이제는 반죽이 아니다
할매의 지문을 먹고 자란 일생이다

여든을 둘둘 감아도 될 만큼
할매의 생을 펼쳐놓은 거다

늘어진 세월을 척척 접어
무쇠 칼로 저미듯 썰어낸 토막
한 올 한 올이 할매의 삶이다

젖몸살로 흘러넘친 비린내가
가마솥에 가득하다
자신을 삶고 있는 할매

나긋나긋한 누름국수로 태어난 할매
한 사발씩 후루룩 입안으로 쓸어 담고 나면
남아있는 빈 사발에 국물 몇 방울
할매의 오늘이다

빈 그릇이다

비스듬히

얼마나 쓸고 또 쓸었기에
닳고 또 닳아
몽당 빗자루로 남았을까

썩어문드러진 고목의 둥지처럼
툇마루 귀퉁이에 비스듬히 누워
비린내 풀풀 풍겨내는 장마에서
지글지글 볶아내던 팔월의 대낮까지
폭설 쏟아 붓는 단절의 밤에도
조는 듯 기둥에 기대여 잠잠하다

버릴 건 다 버렸다고
비울 건 다 비웠다고
껑충한 대궁으로 남은
몽당 빗자루

구석지고 외진 자리로 돌아간
주릴 때까지 줄인 몸뚱이
이제 남은 건 홀가분한 대궁뿐

남아 있는 것들을
그저 조용히
바라보고만 있어야 하는
그렇게
혼자만의 몽당 빗자루

달은 다시 뜨고

오늘은 슈퍼 개기월식

우주의 비밀이 풀리는 것처럼
슈퍼 개기월식의 소식이 빠른우편으로
택지개발 4-4구역에 도착했어요

달이 무너져요

지하철 역사의 유리창을 닦던 엄마는
하룻길의 아빠 무덤을 찾아갔다가
달의 그림자만 붙잡고 돌아왔죠
발바닥에서 타이어 타는 냄새가 나요

아빠는 늘 엄마의 근심덩어리

용달차의 바퀴자국을 읽었기 때문일까요
어제 떠난 옆집 할머니도
재개발 현수막을 노려보던 그 눈빛으로
개기월식의 시작을 보고 있겠죠

달이 아프데요

재개발지역을 살펴보던 슈퍼 문이
낯빛을 바꿔요
산동네가 덮고 살았던
깨어진 슬레이트
너부러진 널빤지
뽑혀나간 은행나무 자리에
슬그머니 다가와 누워요

달이 죽어요

우주의 틈새를 비집고 찾아온 슈퍼문의 죽음체험을
할머니는 오랑캐가 잡아먹는다 하고
조카는 지구의 그림자라 하는데

달은 자신의 죽음의 자리를
파헤쳐놓은 황토 흙더미에
구겨 넣고 있어요

죽은 달을 묻어요

도시가 외면한 월식의 가장자리에
인력시장을 배회하던 사람들이
구덩이에
차례로 들어가 누워요
달도 따라 가네요
매장지가 여기 뿐만은 아니겠죠

달이 울어요

어스러진 달이
자신을 해체하고 있네요
늑골을 추리고
척추를 곧게 펴서
일어서려던 반세기의 유골함에
입 다문 조개처럼 체액 속으로 오그라들어가요

달이 떠나요

집을 지키던
삽살개의 컹컹 짖어대는
높은음자리에서
사라진 월식슈퍼 문

내일이면
엄마의 몸부림은
다른 응달진 비탈로 옮겨가겠죠

땀에 젖은 엄마의 가쁜 호흡이
밤의 기슭을 따라 올 때면
개기월식을 버린 달도 같이 오겠지요

내 몸이 안개다

아침 밥상에 안개가 자욱하다

밥상의 중앙에서 시작한 안개의 확장속도가
소리의 속도만큼 빠르게 퍼져나간다
어릴 적 안개의 내장이 궁금하여 그 속으로 들어갔다가
물살에 휩쓸려 얼마간을 떠내려 간 기억이 있다
산허리를 감고 있는 안개 속을 떠다니다가
전갈자리까지 다녀오는 꿈을 꾼 날도 있었다
그 안개의 한 줄기를 집어 먹는다
한 번도 이들은 밥상을 떠나본 날이 없었을 것이다
일상에서 퇴출은 물론 금식을 선언했던 날에도
여기를 생각하고 있었을 것이다
모든 안개가 고랭지채소재배지의 배추밭으로 모여든다
짙은 농무의 집단군이다
이들 안개는 겨울만 제외하곤 이곳을 떠나지 않는다
바다와 육지 바람의 연합군과 전투가 벌어질 때면
전술적인 후퇴는 있었지만
아침이면 예외 없이 안개의 집단군이 이 지역을 회복한다
산도 나무도 집도

속옷까지도
안개가 샅샅이 뒤지고 다니며 반군의 세력들을 몰아낸다
땅바닥 어디든
흙의 틈새와 수많은 자갈도 들춰보고 있는 안개다
햇살에 자리를 내어주는 날이 많은 편이나
대개는 안개의 몫이다
어떤 저녁에는
구름이 이 지역에 잠간 들어오기도 하지만
그들도 그렇게 오래 있지는 못한다
배추밭은 안개만 있는 것이 아니다
지상의 온갖 소식을 들고 오는 이슬도 있고
우주 생성의 비밀까지 알고 있는 중성미자도
함께 있다는 소문이다
배추는 씨앗이었던 날부터
까칠한 자갈밭을 초록융단으로 바꿔주고
떠나는 날까지
안개의 품에서
안개가 들려주는
별들의 이야기를 들으며 살아 온 일생이다

안개가 전부인 배추는
바다를 끌어안던 날에도
제 고향을 생각하며 서서히 익어갔을 것이다
배추김치를 먹는다는 것은
햇살의 한 가지씩을 아작아작 씹는 일이다
별이 전하는 우주의 소식을 듣는 것이고
안개
그 속으로 스며드는 것이다

멜로스의 비극

호수를 접한 계곡
은사시나무들 빼곡히 늘어섰다
서로가 서로를 지척에 두고도
사시나무 떨듯 한다는 그 말대로
늦은 봄날에도 떨고 섰다
은사시나무 곳곳에 뚫려 있는 구멍들
지난 해 장만한 까막딱따구리의 집
지금은 솔부엉이, 소쩍새가 점령한 집
멜로스의 비극*
–이 집은 내 집
–힘 있는 자의 집
눈빛이 그렇다
까막딱다구리가 외진 은사시나무에 또 구멍을 판다
따 다 다 딱 딱, 따 닥 딱 딱
부리가 뭉개지도록 죽어라 쪼아댄다
나무 몸통을 거머쥔 발톱이 처연하다
따 닥 딱 딱 따 다 다
울음소리 같다
아직은 부리가 있어서

걸머질 발톱이 있어
은사시나무에 구멍을 뚫고 있다

어떻게든 살아남아보려고
따 다 딱 딱 따 다 닥

* 멜로스 : 아테네와 스파르타의 전쟁에서 망한 섬나라 중립국
–남자는 모두 학살, 여자는 노예, 강대국만이 자국의 입장을 선택할 권한이 있다
(아테네의 변)

카페에 가려진 그늘

면 가락을 썰어낸
경륜 30년의 무쇠칼날이 녹아내린
5막 6장의 해묵은 이야기를 끌어와
거북이의 잠을 깨우지 않았어야 했다
수많은 국수의 가락들이
안반위에서
는개처럼 보슬보슬 읽힌다
칼날을 기억하는
도마가
구멍까지 덩그러니 내어놓고
능청스럽게 선반에 앉아있는 공지천변 국수집
무너진 뼛속의 상처가
무수한 밤들을 가로지르며
불로 달구어진 음성을 듣고 있는 듯하다
철길만 넘어들면
작심한 듯
트레일러 뮤직이 쏟아지고 있었다

달의 뒷면

방패연 얼레가 명주실 풀어내듯
7대 종손까지 늘려놓은 와편瓦片담 둘러선
아흔 아홉 칸의 할아버지의 집
7도만큼 비스듬히 기울어 있어요
대문도 그 각도만큼 내어놓고
문틀에 앉은 고요가 동편제 한 마당을 들었는지
삐걱삐걱 한 곡조씩 하네요
고가는
음산한 곰팡냄새에 숱한 그림자만 떠있는
적막으로 가득 찬 술잔
어둠에 감긴 동굴
고요가 녹아든 우물이구요
찢기고 빛바랜 고서로 남아
고독도 떠나버린 사막 같아요
가훈은
부적으로 남았을 뿐
고가를 지키는 것은 할아버지의 해소천식
대추나무까지
제 육신을 겨우살이에게 내어주고

숱한 고요에 눌린 사랑채 쪽마루에 그림자로
비스듬히 걸터앉아있어요
할아버지의 거동도 대문만큼 기울어
던져놓은 말들을 추려보려고 동공의 밀도만 좁히고 있는 오후
담장의 그늘이 넘어져요
너부러진 기왓장이 눈물이네요
부엌문을 잡고 섰던 바람도 울어요
할아버지의 옷가지가, 자서전처럼
쌓여있는 건넛방 모서리에
붙박이로 눌러앉은 기침의 내공
집안의 구역마다 펼쳐있는 회색 융단에
할아버지의 하루가 낙관처럼 찍혀있어요

짙은 안개에게 잡힌 날도 있다

안개에게도 영혼은 있겠지
몹쓸 고독까지도
그 무엇으로도 벗어날 수 없게
회색지대로 끌고 온
공포의 독재자
새벽을 말살시킨 지독한 폭군
태양마저 인질로 잡은 포악한 집단
어시시한 폐가로 만든
유령이 어슬렁거리는 악의 건축자
아침이 버둥거려도 꿈쩍을 않는
악질의 무법자
눈을 뽑아간 야만인
어디서 도망쳐온 것일까
자신의 자락을 밟고 서있는
낭가파르바트*처럼
종합병원 로비 성모상 앞
합장을 한 긴 머리 웨이브 펌의 여자가
부동이다

* 히말라야의 3대 고난도 봉우리(높이: 8,126m)

누가 저기에 세워뒀을까
소멸되지 못하게
못 하나 박아놓았을까
천둥소리일까
그믐밤의 어둠일까
노을에 감긴 저녁일까
스며들다
까만 흔적으로 남은 것 같은
쉼표일까
마침표일까
블랙홀에 말려든 고도孤島이겠다

오른쪽이 무너졌어

정인선 지음

발 행 처 · 도서출판 청어
발 행 인 · 이영철
영　 업 · 이동호
홍　 보 · 이용희
기　 획 · 천성래
편　 집 · 방세화
디 자 인 · 이해니 | 이수빈
제작이사 · 공병한
인　 쇄 · 두리터

등　 록 · 1999년 5월 3일
(제1999-000063호)

1판 1쇄 인쇄 · 2019년 10월 01일
1판 1쇄 발행 · 2019년 10월 10일

주소 · 서울특별시 서초구 남부순환로 364길 8-15 동일빌딩 2층
대표전화 · 02-586-0477
팩시밀리 · 0303-0942-0478

홈페이지 · www.chungeobook.com
E-mail · ppi20@hanmail.net
ISBN · 979-11-5860-693-0(03810)

이 도서의 국립중앙도서관 출판시도서목록(CIP)은 서지정보유통지원시스템 홈페이지(http://seoji.nl.go.kr)와 국가자료공동목록시스템(http://www.nl.go.kr/kolisnet)에서 이용하실 수 있습니다.(CIP제어번호: CIP2019035086)

이 시집은 용인시 문학창작지원금을 지원받아 출판되었습니다.